Mühlenmärchen

Inge Grohmann

Mühlenmärchen

Mit Zeichnungen
von Jürgen Pretzsch

Bibliografische Information der Deutschen Nationalbibliothek
Die Deutsche Nationalbibliothek verzeichnet diese Publikation in der Deutschen Nationalbibliografie; detaillierte bibliografische Daten sind im Internet über http://dnb. d-nb.de abrufbar.

© 2007 Inge Grohmann
Satz, Umschlagdesign, Herstellung und Verlag: Books on Demand GmbH, Norderstedt
ISBN 978-3-8334-7955-7

Inhalt

Die große Tanne

Am Mühlgraben stand eine alte, ehrwürdige Tanne. Ihre langen Äste neigten sich nach unten und bedeckten die Erde wie ein langer, dunkler Mantel.

Gleich hinter der Mühle dehnte sich ein großes Waldstück aus. Es gehörte dem fürstlichen Herrn. Niemand durfte dort Tannenzapfen oder abgefallene Äste sammeln. Holz konnte man nur von der Herrschaft kaufen, und dies war sehr teuer.

Nun war aber ein bitter kalter Winter ins Land gekommen, und die Müllerleute hatten kein Holz mehr zum Heizen. Der Sommer war sehr trocken gewesen und es gab kein Korn. Daher hatte der Müller nicht genug Geld, um sich das teure Holz zu kaufen.

Da überlegte er, ob er nicht die große Tanne fällen sollte. Eigentlich war sie die Zierde des Anwesens, und er war stolz auf sie. Aber was wollte er machen, wenn er und seine Familie nicht erfrieren sollten? So beschloss er, sich von dem schönen Baum zu trennen.

Das Reisig würde gut zum Anheizen dienen, und die starken Äste wie auch der Stamm gäben ein schönes Feuer, so dass die Stube gut warm gehalten werden könnte. Den Wipfel würde er als Weihnachtsbaum nehmen. Die Zapfen waren ja sowieso immer ins Wasser gefallen, ohne dass man sie hatte aufsammeln können.

Als er mit Axt und Säge der Tanne zu Leibe rücken wollte, hörte er ein Wimmern und Klagen: „Halt ein, tue es nicht, bitte!"

Wer war das? Der Müller wunderte sich sehr. Niemand war zu sehen. Da kamen aus einem Erdloch drei kleine Wurzelmänner heraus. Sie wohnten schon viele, viele Jahre unter der Tanne, und niemand hatte sie bisher bemerkt. „Lass uns unsere schöne Unterkunft und den schönen Baum, wir wollen gerne für dich nützlich sein!", flehten sie den Müller an.

„Was wollt ihr schon für mich ausrichten, ihr kleinen Wichtel!", lachte der Müller.

„Schneide dir ein paar Zweige von der Tanne ab und stelle sie in deine Stube. Du kannst daran Zuckerzeug für deine Kinder hängen und weiße Lichterkerzen aufstecken. Das ersetzt dir den Weihnachtsbaum. Im Frühling wird unsere alte Tanne ihre Blüten austreiben, das sieht aus, als ob tausend Kerzen angezündet sind. An diesem Anblick kannst du tagelang deine Freude haben!" sagte der erste Wicht. Und der zweite fügte hinzu: „Außerdem werden wir dir alle Tannenzapfen aufsammeln, die kannst du zum Anheizen deines Ofens nehmen. Wir passen auf, dass keine mehr in den Bach fallen." „Wir werden dir so viel Brennholz bringen, wie du brauchst. Heimlich gehen wir in den Wald und lesen alle dürren Äste auf, die auf dem Boden liegen. Außerdem werden wir von jenen Bäumen, welche die Holzfäller geschlagen haben, die Wurzelstöcke ausgraben, ohne dass es jemand merkt" versprach der dritte von den kleinen Wurzelmännern. Dann verschwanden sie.

Der Müller wusste nicht, ob er ihnen glauben sollte oder nicht, aber er ließ die Tanne erst einmal stehen.

Als er am anderen Morgen aus dem Fenster sah, lag ein Stapel dürrer Äste und Wurzelholz neben der Tanne, und davor stand ein Korb voller Tannenzapfen.

Der Müller freute sich und heizte in seinem Stubenofen tüchtig ein. Auch am anderen Morgen war wieder Holz da, und der Korb mit den Zapfen war erneut gefüllt. So ging es jeden Tag. Der Müller brauchte sich keine Sorgen mehr um Brennholz zu machen und hatte immer eine warme Stube.

Die alte Tanne ist stehen geblieben. Die kleinen Wurzelmänner aber hat seither niemand wieder gesehen.

Der Edelsteinmüller

In einem stillen Wiesengrund drehte sich früher ein großes Wasserrad. In der Mühle lebte ein armer Müller. Er hatte einen Sohn und eine Tochter. Der Sohn sollte ebenfalls wieder Müller werden. Er war täglich beim Vater in der Mühle, half die Säcke füllen, schleppte sie die Treppe hinauf und schüttete die Körner in den großen Trichter. Von da rieselten sie zwischen die Mühlsteine und wurden zu Mehl zerrieben.

Die Bauern mussten den größten Teil der Ernte dem König abliefern. Dieser beauftragte den Müller, die Körner bei ihm abzuholen und gutes Mehl daraus zu mahlen, damit der Bäcker feines Gebäck für die zahlreichen Festlichkeiten im Schloss backen konnte.

Der Müller machte sich Sorgen, wer seine Tochter heiraten könnte. Sie war ein wunderschönes Mädchen. Aber die Mühle warf nicht so viel ab, dass er für die Tochter eine große Aussteuer herrichten konnte.

Der König bezahlte den Müller schlecht. Gleichzeitig verlangte er von dem Müller Geld für das Wasser, welches aus dem königlichen Teich in den Mühlgraben abfloss und das Wasserrad der Mühle antrieb. Die Bauern hatten so wenig, dass sie dem Müller kaum den Mahllohn geben konnten. Und da er ein gutherziger Mensch war, mahlte er den Armen das Korn umsonst.

Thomas war ein Junge aus dem Dorf. Er hielt sich zu gerne bei seinem Freund, dem Müllerjungen, auf. Es machte Spaß, das Rauschen des Wassers und das Klipp-Klapp des Mahlganges zu hören oder dem kreisenden Spiel der Räder zuzusehen. Heimlich fingen die zwei Freunde im Mühlgraben Fische und Krebse und bereiteten sich daraus ein Festessen. Das war aber sehr gefährlich, denn es war verboten, im königlichen Gewässer zu fischen. Dem König gehörten nicht nur das Wasser, sondern auch die Fische und Krebse darin. Und wer heimlich fischte, konnte mit dem Tode bestraft werden.

Im Mühlgraben gab es außerdem viele Flussmuscheln. Thomas ließ einmal aus Versehen eine Muschelhälfte in den Mahlgang fallen, und die Steine schabten die raue Schale der Muschel ab. Der Müller hörte ein seltsames Knirschen und Knacken. Irgend etwas stimmte nicht mit den Mühlsteinen. Er rückte diese mit Hilfe der großen Steinzange auseinander. Da sah er den Fremdkörper auf dem unteren Stein. Aus der grauen Muschel war eine wunderschöne, mattglänzende Kostbarkeit geworden.

Nun sammelten die beiden Jungen voller Eifer viele Muscheln und ließen sie zwischen den Mühlsteinen blank schleifen. Thomas fügte sie zu einer Kette zusammen und schenkte sie der Müllertochter. Freudig legte sie diese um ihren Hals. Welch ein Glanz schmückte nun das Mädchen! Wer sie ansah, war fast geblendet. So schön war keine andere anzuschauen.

Das erfuhr der König. Er besuchte den Müller und wollte dessen Tochter sehen. Er staunte und erstarrte beim Anblick von so viel Glanz und Schönheit. Er wollte wissen, woher der Müller diese Edelsteine habe. Es war ein Schatz, den der König überhaupt noch nicht kannte.

Nun konnte der Müller doch nicht verraten, dass die beiden Jungen Flussmuscheln gesammelt hatten. Dafür wären er und die Jungen mit dem Tode bestraft worden.

Er sagte dem König, er könne aus Körnern in seinem Mahlgang diese Edelsteine mahlen. Er brauche nur gutes Korn und viel davon.

Der König war erfreut. Nichts leichter als das! dachte er. Wenn der Müller aus Korn Edelsteine mahlen kann, soll er das beste Korn erhalten. Und je mehr Korn er bekommt, desto mehr Edelsteine kann er dem König liefern. Gerne wollte auch der König die schöne Müllertochter für seinen Sohn, den Prinzen, zur Frau haben, weil ein solcher Edelsteinmüller der beste Schwiegervater sei. Denn der könne jederzeit neuen Reichtum ermahlen.

Der Müller nannte noch eine Bedingung: wenn er so viel mahlen solle, müsse der Teich viel Wasser liefern. Dazu müsse der Teich gut gesäubert sein. Auch der Mühlgraben solle vom Schlamm gereinigt werden, damit das Wasser gut fließen könne. Das versprach der König. Gleich morgen würde er die Bauern damit beauftragen.

Der Müller wusste, dass im Teichgrund und im Flusslauf des Mühlgrabens die Muscheln lagen. Wenn die Bauern den Teichboden aushöben, würden sie alle Muscheln finden. Das Muschelfleisch könnten sie essen, und die Schalen sollten sie dem Müller geben. Das sollte der König aber nicht erfahren. Dafür wollte der Müller die Bauern belohnen. Aus dem Korn, das er vom König bekam, konnte er auf keinen Fall Edelsteine mahlen, sondern nur Mehl. Das Mehl aber gab er den armen Bauern. Sie freuten sich und unterstützten den Müller, wo sie nur konnten. Alle hielten zusammen wie Pech und Schwefel, so dass der König nichts von den geheimen Abmachungen erfuhr.

Der König bekam nach Wunsch die bestellten Edelsteine und hielt nun um die Hand der schönen Müllertochter an.

Diese wollte aber gerne in der Mühle bleiben, und sie liebte den tüchtigen Thomas, der sie als erste mit den schönen Edelsteinen beschenkt hatte. Der Müller gab sie diesem gerne zur Frau, weil er bei den vielen Aufträgen einen Helfer in der Mühle gut gebrauchen konnte, und weil er wusste, welchen Dank er ihm schuldig war.

Der König bekam große und kleine Stücke von dem kostbaren Material, aus dem er sich Schmuck, kleine Schalen, Trinkgefäße und Tellerchen anfertigen oder mit denen er seine Möbel, Kutschen und Jagdgewehre verzieren ließ. Er lieferte dem Müller regelmäßig das beste Korn. So ist der König alt geworden und ist schließlich gestorben, ohne zu erfahren, dass das kostbare Mahlgut *Perlmutt* war.

Der Müller lebte in Wohlstand und auch die Bauern hatten keine Not mehr zu leiden.

Und wenn ihr eine Muschel im Fluss findet, dann reibt die äußere graue Schale ab, und ihr werdet sehen, welche Kostbarkeit ihr in den Händen habt.

Im Reich des Fischotters

Mühlen stehen nicht selten in der Nähe von Quellen. Wenn das Wasserrad direkt über einer Quelle steht, kann es im Winter nicht so leicht einfrieren, weil Quellwasser, das aus der Erde kommt, wärmer ist als das Fließwasser im Bach.

Der Müller wusste das und baute seine Mühle in einen Wiesengrund, in dem es viele Quellen gab.

Unermüdlich drehte sich das Wasserrad und setzte die Mahlgänge in Bewegung. Bald gab es viele Fische im Mühlbach, und der Müller besorgte sich eine Erlaubnis, Fische fangen zu dürfen.

Als er gerade wieder voller Stolz den reichen Fischbestand in seinem Mühlbach betrachtete, erschrak er. Da schwamm etwas auf der Wasseroberfläche, tauchte unter, schwamm unter Wasser weiter und verschwand schließlich ganz und gar. Der behände Schwimmer war ein Fischotter mit braunem Fell, einem flachen Kopf mit starken Schnurrhaaren und einem langen, dicken Schwanz.

Der neue Wassergast war nun häufig zu sehen. Er durchstöberte das Ufer, steckte seine Nase in die Schlupflöcher der Bisamratten und tauchte hin und wieder mit einem Fisch im Maul ab. Die Frösche hatten Angst vor ihm und ergriffen die Flucht, wenn sie ihn sahen.

Nun stand ein Fest bevor und der Müller wollte ein schmackhaftes Fischgericht auf den Tisch bringen lassen. Am Abend legte er die Reuse für den Fang aus. Kaum aber hatten die Müllerleute und ihre Gäste die gebratenen Forellen gegessen, wurde es unruhig im Haus. Der Fußboden begann zu schwanken, die Bilder fielen von den Wänden und der Spiegel zerbrach. Es war, als ob das ganze Haus schaukelte. Alle dachten, es sei ein Erdbeben. Es dauerte einige Tage, bis es wieder ruhig wurde. Diese Ruhe hielt aber nur so lange an, bis wieder Fische aus dem Mühlbach bei den Müllerleuten auf dem Mittagstisch standen. Es war beängstigend, wie es im Haus rumorte und brodelte.

Man fühlte sich wie auf einem Schiff, welches im hohen Wellengang seinen Weg sucht. Den Müllerleuten war es angst und bange, doch fanden sie keine Erklärung für diese unheimlichen Vorgänge.

Zum Weihnachtsfest gab es endlich wieder gebratene Fische. Doch nach dem Fischgericht wurde die ganze Festtagsfreude durch das Wummern und Hullern sowie durch ein Beben der Fundamente verdorben.

Nun wussten sich die Müllerleute keinen Rat mehr.

Am letzten Tag des Jahres hatte der Müller Geburtstag. Gerne hätte er nach alter Tradition ein Fischessen gereicht, aber da er glaubte, dass die grauenhaften Vorgänge mit dem Verzehr der Fische zu tun hätten, sah er davon lieber ab.

Ein altes Mütterchen kam zur Mühle und bat um eine Handvoll Mehl, damit sie sich eine Suppe kochen könne.

Weil der Müller Geburtstag hatte, war er großzügig und lud sie in seine Stube ein. Er entschuldigte sich, dass er keinen Fisch anbieten könnte und erzählte von den gruseligen Ereignissen.

Das alte Mütterchen riet ihm, in der Neujahrsnacht die Tiere zu befragen, vielleicht könnten sie ihm eine Antwort geben. Diese Nacht wäre die einzige des ganzen Jahres, in welcher die Tiere sprechen könnten.

Außerdem solle er in der Neujahrsnacht durch den Schornstein in den Sternenhimmel sehen, da könne er erfahren, was der Grund für den Spuk sei. Das könnten aber nur diejenigen, die in der Neujahrsnacht Geburtstag haben. Das sei seine Chance.

Also ging der Müller nach Einbruch der Dunkelheit zuerst zu seinen Tieren in den Stall, doch diese schwiegen wie immer.

Da nahm er den großen Schieber vom Kamin und sah durch den Schornstein in den Sternenhimmel. Doch wer saß da oben auf dem Rand des Schornsteins und grinste listig den Müller an? Es war der Fischotter aus dem Mühlbach.

„Fischotter, was machst du oben auf dem Schornstein, gehörst du nicht ins Wasser?" fragte der Müller.

„Müller, was suchst du am Sternenhimmel, wenn du wissen willst, was du nur von mir erfahren kannst?", antwortete der Fischotter.

„So sag mir, was in meinem Haus vor sich geht, wenn ich Fische gefangen und gegessen habe?", fragte der Müller.

„Die Fische habe ich zu deiner Mühle geleitet. Dort gibt es genügend Quellen. Die Fische rufen immer die Quellen um frisches Wasser an, damit sie nicht ermüden und versiegen. Die Fische sind der Segen deiner Mühle. Du darfst sie niemals fangen oder essen", erklärte der Fischotter.

„Aber du fängst selbst Fische und willst den ganzen Bach beherrschen, das Fischrecht gehört mir", erwiderte der Müller.

„Ich ernähre mich von Fröschen, Krebsen, Mäusen und Ratten. Wenn ich einen Fisch nehme, so ist es ein kranker, der nicht mehr im Bach bleiben darf, um die anderen nicht zu gefährden. Die Fische sind mir heilig. Du siehst, ich nütze dir, indem ich dir viel Ungeziefer fernhalte und dein Ufer kontrolliere. Ich wohne in einer tiefen Quelle unter deinem Haus. Greifst du nach den Fischen, so bin ich sehr zornig und die Quelle bebt. Lasse meine Fische leben, und ich lasse dich in Ruhe", sagte der Otter.

„Das will ich gerne tun, damit der Spuk endlich aufhört!", antwortete der Müller.

Seither sind alle gut miteinander ausgekommen.

Die wilden Gänse

Im Herbst ziehen die Wildgänse fort.

Alljährlich versammelten sie sich zu Hunderten auf der Wiese nahe der Mühle.

Der Müller und seine Frau hatten ihre Freude daran und sahen gerne zu, wenn die Gänse auf der Wiese noch einmal emsig Gras zupften, um sich damit den Reiseproviant in die Kröpfe zu füllen. Aus dem Mühlbach tranken sie in langen Zügen frisches Wasser und reckten dabei genießerisch die Hälse nach oben. Dann formierte sich der Zug. Alle erhoben sich vom Erdboden und schwebten mit sanften Flügelschlägen in die Höhe. Dort bildeten sie gemeinsam einen Pfeil, stiegen höher und höher und nahmen Kurs gen Süden, wo sie in der warmen Region überwintern würden.

Als das außergewöhnliche Starterlebnis vorüber war, bemerkten der Müller und seine Frau, dass ein Gänsepärchen zurückgeblieben war. „Um Gottes willen, die beiden haben den Anschluss verpasst", rief der Müller aus, „sie werden alleine nicht in den Süden kommen". „Die Gans ist am Flügel verletzt", stellte die Müllerin fest, „und der Gänserich bleibt bei ihr, weil er sie nicht alleine zurücklassen will."

„Wir werden sie bei uns überwintern lassen, bis ihre Artgenossen im Frühjahr wiederkommen," meinte der Müller.

Eine Zeitlang blieb das Gänsepärchen noch im Freien. Als aber dann klirrender Frost einsetzte, baute der Müller ein kleines Ställchen und schaffte weiches Stroh hinein. Mit ein paar Körnern und reichlich Trinkwasser waren die beiden Quartiergäste zufrieden.

Kaum hatte das neue Jahr begonnen, da legte die Gans jeden zweiten Tag ein Ei. Als schließlich sechs Eier gelegt waren, richtete sie das Nest und setzte sich zum Brüten darauf. Der Gänserich hielt Wache am Ställchen, damit der Hofhund nicht zu nahe kam. Nur von dem kleinen Sohn des Müllers, gerade so alt, dass er laufen konnte, ließ sich die Gans streicheln.

Nach vier Wochen schlüpften die kleinen Gänschen aus. Noch immer war es draußen bitter kalt. Da nahmen die Müllerleute die Gänsefamilie mit in ihre warme Stube. Das kleine Söhnchen des Müllers lernte eher die Laute, welche die Gänse von sich gaben, als dass er sprechen konnte. Den ganzen Tag war er mit der Gänsefamilie zusammen.

Mit der Zeit bekamen die jungen Gänse Federn. Es war Frühling geworden, und die anderen Wildgänse kamen zurück. Sie machten wieder Station an der Mühle. Eigentlich wollte das Gänsepärchen mit ihnen weiterziehen, aber die Jungen konnten noch nicht fliegen, und so blieben sie in der Mühle.

Jetzt musste sie der Müller nicht mehr ernähren. Sie waren den ganzen Tag im Mühlbach und zupften dort die Wassergräser heraus. Dadurch floss das Wasser im Bach wieder besser, und der Müller freute sich über die nützliche Tat der Wildgänse. Auf diese Weise konnten sie sich doch auch für ihr Winterquartier dankbar zeigen.

Der kleine Müllerjunge war immer bei den Gänsen. Er konnte sich mit ihnen verständigen, weil er mittlerweile ihre Laute kannte. Sie nahmen ihn mit zum Baden. Er durfte auf ihrem Rücken sitzen, und sie achteten darauf, dass er nicht ins tiefe Wasser ging.

Der Sommer verstrich und es wurde Herbst. Alle waren traurig, weil bald wieder Abreise der Wildgänse sein würde und die Gänse aus der Mühle mit fortzögen.

Da sagte der Müller zu seiner Frau: „Die alten Gänse können ruhig mit fortziehen, von den jungen werden wir uns ein paar behalten, das gibt einen guten Gänsebraten. Ich werde drei Gänse fangen und ihnen die Flügel zusammenbinden, da können sie nicht wegfliegen".

Das tat dem kleinen Jungen leid, und er verriet diesen Plan den Gänsen.

Kurze Zeit darauf kamen die Wildgänse und versammelten sich wie alljährlich auf der Wiese. Schnell kam das Gänsepärchen aus der Mühle mit drei von ihren Junggänsen hinzu. Diesmal wollten sie den Abflug nicht verpassen.

Die drei anderen Junggänse aber waren gefangen.

Auch das Kind der Müllerleute ging zum Sammelplatz der Gänse. Mit einem Mal erhob sich die erste Gans, die anderen folgten nacheinander. Das Müllersöhnchen hielt seine Lieblingsgans fest, und da erhob sich diese mitsamt dem Kind in die Lüfte. Der Junge klammerte sich fest an ihren Hals und kuschelte sich in ihre Federn. So trat er die weite Reise mit den Gänsen in den Süden an.

Die Müllerin schrie und weinte, aber die Gänse waren fort.

„Du bist schuld daran, dass die Gänse unser Kind mitgenommen haben, weil du ihre Kinder gewaltsam hier behalten hast", warf sie ihrem Mann vor.

„Wenn du willst, lasse ich die drei Gänse hinterher fliegen", erwiderte der Müller. Aber die Gänse flogen nicht. Sie hätten die anderen nicht mehr eingeholt, und alleine kannten sie den Weg noch nicht, weil sie ja noch nie im südlichen Winterquartier gewesen waren.

Die traurigen Eltern weinten viele Tränen und sahen immer vergebens in den Himmel. Sie wussten, es würde noch bis zum Frühling dauern, bis die Gänse wiederkämen.

Die drei jungen Gänse überlebten den Winter in der Mühle.

Als der Frühling kam, kehrten auch die Wildgänse wieder. In der Mitte des Zuges war schon von weitem ein Huckepack zu erkennen. Die Gänse brachten das Söhnchen der Müllerleute wieder mit.

Wie herzten und liebkosten die Eltern das kleine Kerlchen! Als sie sich in Dankbarkeit dem Gänsepaar zuwenden wollten, war dieses schon in der großen Gänseherde verschwunden. Ihre drei Junggänse hatten sie abgeholt, und gemeinsam zogen sie mit den anderen weiter.

Seit dieser Zeit haben sich die Wildgänse einen anderen Sammelplatz vor ihrem Start in den Süden gesucht und sind nie mehr zur Mühle gekommen.

Die Müllerleute hatten viel Mühe, ihrem kleinen Sohn das Sprechen zu lehren, denn er kannte nur die Gänsesprache.

Der Müller und der Teufel

Ein junger Müller übernahm nach dem frühen Tod seines Vaters die Mühle. Zu ihr gehörte ein Garten mit vielen schönen bunten Blumen.

Die junge Müllerfrau hatte von ihren Eltern als Hochzeitsgeschenk einen Acker und eine große Wiese bekommen. Einen Esel mit struppigem, braunem Fell und eine Ziege waren noch nach dem Tod des Vaters im Stall. Der Esel hatte schon viele Jahre gute Dienste geleistet und würde es bei dem Sohn wohl noch lange aushalten. Die Ziege gab so viel Milch, dass die junge Müllerin daraus Butter und Käse bereiten konnte.

Bald wurde ihr erstes Söhnchen geboren. Mit der Ziegenmilch und dem Grieß aus der Mühle kochte sie dem Kleinen einen nahrhaften Brei. So hatten sie ein gutes Auskommen.

Der junge Müller war nicht so fleißig wie dereinst sein Vater. Er schlief morgens lange und ging erst in die Mühle, wenn die Glocken schon zu Mittag läuteten. In der Zwischenzeit hatte die junge Müllerin schon die Feld- und Gartenarbeit verrichtet und das Kind sowie den Esel und die Ziege versorgt. Weil der Müller nicht so gerne die schweren Säcke schleppen wollte, nahm er sich einen Knecht.

Nun schlief der Müller noch länger, und weil er abends nicht müde war, ging er in die Schenke. Dort trank er Bier und Schnaps und vergnügte sich mit Glücksspielen.

Bald hatte er alles Geld verspielt, und er machte Schulden. Das ließ sich der Wirt eine Weile gefallen, dann forderte er ein Pfand. Als erstes gab der Müller dem Wirt seinen Esel. Den würde er nicht mehr brauchen. Er habe ja einen Knecht, und der könne den Karren ziehen oder die Säcke auf dem Rücken ins Dorf schleppen.

Die junge Müllerfrau weinte, und der Knecht wurde zornig.

Als der Müller nun schon wieder neue Schulden gemacht hatte, versetzte er auch noch die Ziege.

Nun wusste die junge Müllerfrau nicht mehr, wovon sie leben sollten. Im Garten hatte sie schon anstelle der bunten Blumen Gemüse, Kartoffeln und Beeren angepflanzt, damit sie etwas zum Essen hatten.

Der Müller jagte den Knecht aus dem Hause, weil er meinte, dieser sei nur ein zusätzlicher Tischgast.

Bald hatte der Müller wieder Schulden, aber der Wirt gab ihm nichts mehr zu trinken. Spielen konnte er auch nicht mehr, weil er nichts mehr zu verpfänden hatte.

Wütend ging er nach Hause. In der Dunkelheit begegnete er einem schwarzen Gesellen. Der lehrte ihm, wie man aus Korn Schnaps brennen kann.

Nun prahlte der Müller, daß er nicht mehr in die Schenke zu gehen brauche, weil er sich selbst Schnaps brennen werde. Dann könne der Teufel zu ihm kommen, um mit ihm zu spielen. Dabei würde er bald reicher als alle anderen werden.

Wieder weinte die Müllerin, weil ihr Mann das schöne Korn, das sie zu Mehl mahlen sollten, zu Schnaps verarbeitete. Von dem Schnaps trank sich der Müller einen Rausch an und torkelte in seiner Mühle hin und her.

Da pochte es an die Türe. Der Müller öffnete, und draußen stand eine Gestalt, deren Körper mit einem braunen Fell überzogen war. Auf dem Kopf hatte sie zwei Hörner und anstelle von Füßen hatte sie zwei Hufe.

„Müller, du hast nach dem Teufel gerufen und willst mit ihm Karten spielen", sagte der Fremdling.

„Komm rein, du Ungeheuer. Wir wollen spielen." „Was bietest du mir, wenn ich gewinne?", fragte die Gestalt. Der Müller sagte: „Ich gebe dir den Acker meiner Frau, aber was gibst du mir, wenn ich gewinne?" „Ich werde dir 100 Taler geben", sagte der Fremde. Da war der Müller ganz aus dem Häuschen. Sie bekräftigten die Abmachung mit Handschlag und begannen mit dem Spiel. Der Müller war so betrunken, dass er überhaupt nicht bei der Sache war, und er verlor.

Der Müller holte die Besitzurkunde über den Acker aus dem Schrank und gab sie dem unheimlichen Gast.

Am nächsten Abend trank der Müller noch mehr, er wollte stark sein und sich nicht wieder übertölpeln lassen.

Diesmal versprach er seinem seltsamen Mitspieler die Wiese seiner Frau. Und wieder verlor er das Spiel und damit die große Wiese.

Die Müllerin flehte ihren Mann an, nicht mehr zu trinken und nicht mehr zu spielen. Sie besaßen weiter nichts mehr als die Mühle. Sie hatten weder etwas zum Essen noch etwas zum Trinken.

Der Müller aber wollte es ein letztes Mal versuchen. Diesmal würde er alles zurückgewinnen und die 100 Taler dazu. Und er trank wieder, bis er keinen klaren Gedanken mehr fassen konnte.

Nun spielten die beiden um die Mühle. Auch dieses Mal verlor der Müller.

Er tobte vor Wut, verließ das Haus und rannte in die Dunkelheit der Nacht. Betrunken wie er war, rutschte er vom Weg ab und stürzte einen steilen Abhang hinunter. Dabei kam er zu Tode.

Die Müllerin war verzweifelt und schrie in ihrem großen Unglück.

Sie brach vom Haselnussstrauch an der Mühle einen kräftigen Stock ab, packte ihre wenigen Sachen in ein Bündel und wollte so zusammen mit dem Kind am Bettelstab von Haus zu Haus gehen, um die Hand nach Brot aufzuhalten.

Da kam erneut die unheimliche Gestalt, streifte das braune Fell ab, nahm die Hörner vom Kopf und die Hufe von den Füßen. Es war nicht der leibhaftige Teufel, der vor ihr stand, sondern der gute Knecht, der Mitleid mit der jungen Müllerin und ihrem Kind hatte.

„Ich konnte es nicht mit ansehen, wie Euch der Müller um alles bringt. Den Esel konnte ich nicht retten, aber ich ließ mir vom Metzger sein Fell und die Hufe geben. Und als die Ziege geschlachtet wurde, nahm ich mir die Hörner. Mit dieser Verkleidung konnte ich den Müller so täuschen, dass er dachte, ich sei der Teufel", erzählte der Knecht.

„Und woher hattest du 100 Taler?", fragte die Müllerin. „Die hatte ich niemals. Ich wusste, dass der Müller nicht gewinnen würde, weil er betrunken und von Sinnen war. Ich riskierte nichts, aber ich wollte den Acker, die Wiese und die Mühle für dich und dein Kind gewinnen, ehe er alles in der Schenke verspielte".

„Ich weiß nicht, wie ich dir danken soll", sagte die Müllerin und weinte vor Freude.

„Wenn du willst, bleibe ich bei dir, und wir werden fleißig arbeiten, bis es uns wieder gut geht", meinte der Knecht. Da war die junge Müllerin überglücklich.

Die Nixe im Berglochsee

Um die Mühlsteine zu drehen, erhalten viele Mühlen ihre Kraft von einem Wasserrad. Voraussetzung aber ist, dass das Wasser immer gleichmäßig zufließt.

In der Regel führt ein Bach zur Mühle. Es gab aber einmal eine, zu welcher das Wasser aus dem tiefen Loch eines Berges kam. Von dort floss ein kleines Rinnsal in einen See. Den See staute der Müller so lange, bis genügend Wasser zum Mahlen vorhanden war. Dann musste er den Schieber am Wehr hochziehen, und das Wasser lief auf sein Wasserrad. Nun konnte er viele Stunden mahlen.

Der Berglochmüller hatte keine Not. Das Wasser lief regelmäßig. Doch eines Tages geschahen merkwürdige Dinge. In mondhellen Nächten blieb das Wasser plötzlich aus, und das Mühlrad stand still. Das Mahlgut verblieb zwischen den Steinen und wurde nicht vermahlen.

Der Müller eilte zum See. Von weitem sah er einen goldenen Schein auf der Wasseroberfläche, der plötzlich verlosch. Es blieben nur noch ein paar kreisrunde Wellen zurück, die sich von der Mitte her sacht an den Rand drängten. Jemand hatte den Schieber am Abfluss eingesenkt, und es konnte kein Wasser mehr zur Mühle abfließen.

Ärgerlich öffnete er den Schieber und setzte seine Mühle wieder in Gang, solange, bis nicht mehr genug Wasser im See war, um das Wasserrad anzutreiben.

Doch nach wenigen Tagen, als der See wieder voll angestaut war und der Müller mahlen wollte, geschah erneut das Geheimnisvolle. Wie sich der Müller dem See näherte, war es ihm, als sähe er ein wunderschönes Mädchen baden. Im nächsten Augenblick war sie verschwunden, und er sah nur noch eine feurige Kugel, die in den See eintauchte. Der Schieber war wieder geschlossen.

Eines verwunderte den Müller. Er hatte noch nie Fische im See zu

Gesicht bekommen. Jetzt aber sah er beim Schein des hellen Mondlichts im See Forellen, Aale und Karpfen.

Der Müller öffnete den Schieber und ging kopfschüttelnd zurück zur Mühle. Zu gerne hätte er gewusst, was sich im hellen Licht des Mondes im Berglochsee abspielte. Drei Tage lang hat er nachgedacht. Dann hatte er eine Idee. Er besorgte sich ein großes Netz und legte es auf den Grund des Sees. Als beim nächsten Vollmond wieder das Wasser ausblieb, schlich er sich heran. Jetzt sah er das schöne Mädchen. Anmutig schwamm sie im kristallklaren Wasser. Ihr gewelltes, langes blondes Haar bedeckte ihre weißen Schultern. Da zog der Müller mit kräftigen Armen am Seil, und das Netz zog sich zusammen. Er hatte die schöne Erscheinung gefangen.

Das Mädchen weinte bitterlich und flehte, ihm die Freiheit wiederzugeben.

Der Müller erschrak, als er sah, dass das Mädchen keine Beine hatte, sondern halb Mensch und halb Fisch war.

Da erzählte sie ihm ihre Geschichte: Vor vielen, vielen Jahren wohnte sie mit ihren Eltern in der Mühle. Vater und Mutter hatten viel zu tun und konnten nicht immer auf ihr Kind aufpassen. Das Mädchen spielte mit einem Töpfchen und wollte Wasser aus dem Bergloch schöpfen. Als sie sich niederbeugte, sah sie ihr Spiegelbild. Sie glaubte, von unten herauf reiche ihr eine Spielgefährtin die Hand. Sie griff danach, verlor die Balance, bekam das Übergewicht und sank in die unendliche Tiefe des Bergloches. Nur ihr buntgeblümtes Halstuch blieb an einem Ästchen der roten Weide hängen.

Lange suchten die Eltern nach ihrem Kind, bis sie sich mit der bitteren Wahrheit abfanden, dass ihr Kind ins Bergloch gefallen und für immer verloren sei. Mutige junge Burschen aus dem Dorf tauchten in den tiefen Schlund, doch vergebens. Sie kamen nicht bis zum Grund.

Das verunglückte Mädchen konnte aber nicht schwimmen, und so musste es in der Tiefe bleiben. Merkwürdigerweise ertrank es nicht.

Das Wasser aus dem Berg war etwas Besonderes. Es hatte genügend Sauerstoff zum Atmen.

Die Eltern des Kindes kamen täglich zum Bergloch und weinten. Die Tränen fielen in die Tiefe, und das Wasser verwandelte sie in kleine Goldstücke. Das Mädchen sammelte die vergoldeten Tränen in ihr Töpfchen, das sie einst fest umklammert hatte, als sie in die Tiefe gestürzt war. Die Eltern starben bald vor Kummer und Gram.

Mit der Zeit veränderte sich die Lunge des Mädchens und ihre Beine wuchsen zu einer starken Schwimmflosse zusammen. Die Fische waren ihre einzigen Spielkameraden.

Nun konnte sie zur Oberfläche des Bergloches aufsteigen und in den See schwimmen. Wie herrlich war es da! Doch für immer konnte sie nicht oben bleiben. Sie brauchte den Sauerstoff aus der Tiefe, und sie konnte ja auch nicht gehen, weil sie keine Beine mehr hatte. Sie bat den Müller, sie freizulassen, sonst müsse sie am Ufer des Sees jämmerlich sterben. Er solle dafür gut belohnt werden. Immer wenn sie ein Bad im See genommen haben, würde sie die Fische beauftragen, in der winzigen Bucht ein kleines Goldstück für ihn aus ihrem Töpfchen abzulegen.

Dafür aber sollte er in den hellen Mondnächten den See nicht ablassen.

Sie verlangte aber auch von ihm, dass er die Fische nicht fangen sollte, weil sie sonst keine Gefährten mehr hätte. Über alles sollte er schweigen und zu niemanden ein Sterbenswörtchen sagen, solange er lebe.

Der Müller willigte gerne in das Abkommen ein.

In den silberhellen Nächten kam er zum See, winkte jedes Mal der wunderschönen Nixe aus dem Bergloch zu und nahm am anderen Morgen das Goldstück aus der kleinen Bucht.

Die Müllerfrau bemerkte, dass ihr Mann immer bei Vollmond nächtliche Spaziergänge machte und in dieser Zeit das Mühlrad still stand. Außerdem wollte sie unbedingt wissen, woher er echte Goldstücke bekam. Es fiel dem Müller schwer, zu schweigen.

Eines Nachts folgte sie ihm heimlich und sah die wunderbare Erscheinung. Am Morgen beobachtete sie ihren Mann, als er das Goldstück aufhob. Mit Erstaunen sah sie die schönen Fische und legte sofort die Angeln aus. Als sie dann am Mittag gebratene Forellen auf den Tisch stellte, wusste der Müller, dass sie die Fische in der Bucht gefangen hatte, denn anderswo gab es keine. An diesem Tag war der See sehr unruhig. Das Wasser schäumte und schlug hohe Wellen.

In der Nacht kam die schöne Wasserjungfrau ein letztes Mal. Sie zürnte mit dem Müller, dass er das Geheimnis nicht besser gehütet hatte, und verabschiedete sich für immer von ihm. Nie mehr würde sie in den See baden kommen. Dann verschwand sie in der Tiefe des Bergloches.

Der Müller war sehr traurig. Noch einmal konnte er mahlen, bis der See leer war. Er füllte sich nie wieder, denn aus dem Bergloch floss kein Wasser mehr.

Die Flasche im Mühlbach

Vor vielen hundert Jahren gab es einen grausamen Krieg. Räuberische Soldaten durchzogen das Land, plünderten die Städte und Dörfer und steckten die Häuser in Brand. Sie verschleppten Jungfrauen und Kinder und verschütteten die Brunnen.

Der Müller und seine Frau hatten zwei Söhne. Der eine von ihnen war ein gutherziger und hilfsbereiter Junge. Er ist von den wilden Soldaten bestialisch ermordet worden. Der andere Junge war ein Taugenichts, hatte die Eltern im Stich gelassen und war in die weite Welt gezogen.

Die Müllerleute waren untröstlich. Die Kriegsscharen hatten auch die Mühle in Brand gesteckt.

Der Müller und seine Frau arbeiteten bei Tag und Nacht, schufen sich wieder ein Dach über der Mühle und über ihrer ärmlichen Wohnung. Doch so sehr sie sich auch mühten, es kamen keine Bauern, die ihr Korn mahlen lassen wollten. Alle Felder waren im Krieg verwüstet, und es wuchs kein Getreide mehr.

Als der Müller wieder einmal abends am Mühlbach saß und traurig ins Wasser blickte, sah er eine Flasche. Sie schwamm gemächlich auf das Wasserrad zu. Er nahm einen Stock und fischte sie heraus. „Eine schöne große Flasche, darin kann ich mir Trinkwasser mitnehmen, wenn ich auf den Acker arbeite gehe."

Die Flasche war aber verschlossen, und so legte er sie beiseite. Da bemerkte er, dass sich die Flasche bewegte. Er erschrak. Es war etwas in der Flasche, das rumorte ununterbrochen.

Der Müller versuchte, den Korken herauszuziehen. Es wollte und wollte nicht gehen. Doch plötzlich gab es einen Ruck und einen Knall, der Korken flog im weiten Bogen weg. Es begann ein Rauschen und Tosen. Aus der Flasche stieg dichter blauer Nebel. Die Luft wurde heiß und flimmerte. Als sich die Dunstwolke verzogen hatte, stand ein wunderschönes junges Mädchen vor dem Müller.

„Ich danke dir, dass du mich befreit hast, lieber Mann", sagte sie.

Dem Müller hatte es die Sprache verschlagen. Flugs holte er seine Frau herbei.

„Wo kommt dieses wunderschöne Mädchen her?", wollte die Frau wissen. Der Müller sagte: „Sie war in dieser Flasche."

„Ach was", sagte die Müllerin, „du bist wohl nicht bei Trost, in diese kleine Flasche passt doch kein Mensch, du Narr!"

„Doch", sagte das Mädchen. „In unserem Land waren die bösen Soldaten. Sie haben alles in Schutt und Asche gelegt. Als sie abgezogen sind, wollten sie die Jungfrauen mitnehmen. Da haben meine Eltern die alte Zauberin gebeten, mich so zu verwandeln, dass ich in diese Flasche passe. Dann haben mich die Eltern dem Lauf des Wassers anbefohlen. So bin ich hierher gekommen."

Die Müllerleute wussten nicht, was sie sagen sollten. Einen Sohn hatten sie verloren, der andere war auf und davon. Eine Tochter hatten sie sich zwar immer gewünscht, aber wie sollte man in dieser Hungersnot noch eine dritte Person ernähren?

Da sagte das Mädchen: „Wenn ihr mich behalten und mir Vater und Mutter sein wollt, dann sollt ihr keine Not haben. Meine Eltern haben mir in dieser Flasche eine Wegzehrung mitgegeben. Bewahrt die Flasche gut auf und zeigt sie niemandem. Immer wenn die Armut groß ist, dreht die Flasche zweimal nach rechts, dann einmal nach links, dann einmal nach rechts und zweimal nach links, so wird ein Goldstück herausfallen."

Weil die Müllerleute nun ein Abendessen für sich und das Mädchen bereiten wollten, aber nichts im Hause war, drehten sie zum ersten Mal die Flasche nach dieser Formel. Und siehe da, es fiel ein Goldstück aus der Öffnung. Damit konnten sie zum Metzger gehen und Fleisch, Wurst und Fett holen, und es war noch so viel übrig, dass sie für viele Tage Brot beim Bäcker kaufen konnten.

Das Mädchen war fleißig und half den Müllerleuten bei jeder Arbeit. Diese liebten das gute Kind und schlossen es in ihr Herz.

Die Leute im Dorf und bald auch in der Stadt wurden neugierig auf das schöne Mädchen, das jetzt in der Mühle wohnte. Sie bestellten die Felder wieder und brachten das Korn zum Müller. Jetzt erhielt dieser auch Lohn für seine Arbeit und er musste nicht mehr so oft die Flasche drehen. Er verwahrte sie in seiner Schlafkammer unter seinem Bett.

Eines Tages kehrte der Sohn des Müllers, der Herumtreiber, zurück. Er hatte alles durchgebracht und kam barfuß und mit verschlissenen Kleidern zu Hause an. Obwohl er den Eltern viel Kummer bereitet hatte, schloss ihn die Mutter herzlich in die Arme. Der Junge war gar nicht erfreut, dass im Hause eine Stieftochter wohnte und dass die Eltern diese so gerne hatten. Er war eifersüchtig auf die Liebe seiner Eltern zu dem Mädchen. Da erzählten ihm Vater und Mutter, wie ihnen das Mädchen mit den Goldstücken aus der Flasche in der Not geholfen hatte und wie tüchtig sie ihnen zur Hand geht. Nie mehr wollten sie das Mädchen hergeben.

„Das passt ja gut, dreht die Flasche nur einige Male für mich. Meine Taschen sind leer, und wenn ihr vermeiden wollt, dass euer Sohn verhungert oder verdurstet, so gebt mir die Goldstücke", sagte der Tunichtgut.

„Und überhaupt, ich werde dieses Mädchen heiraten und die Flasche mitnehmen. Dann muss ich nicht in dieser Mühle bleiben, brauche nicht die schweren Säcke zu schleppen und kann jeden Tag Goldstücke aus der Flasche kommen lassen. Damit werde ich mir ein schönes Leben machen."

„Nein", sagte der Müller. „Dir Nichtsnutz geben wir die Tochter nicht, und die Flasche bekommst du auch nicht. Ich will dir gerne ein Goldstück geben, aber ziehe sogleich von dannen, einen Faulenzer brauchen wir nicht im Hause."

Die Müllerfrau weinte, weil sie meinte, der Vater sei zu streng mit dem Jungen.

Der Vater drehte die Flasche und gab dem Sohn ein Goldstück. Der

Sohn bat noch für die folgende Nacht um Aufenthalt im Elternhaus, dann wolle er im Morgengrauen von dannen ziehen.

Als der Müller des Nachts noch einmal in die Mühle ging, um nachzusehen, ob alles in Ordnung sei, schlich sich der ungezogene Sohn in die Schlafkammer und stahl die Flasche.

Nun versuchte er, diese zu drehen. So sehr er sich auch mühte, er fand die Formel nicht heraus und bekam daher kein einziges Goldstück. Da zerschlug er die Flasche auf einem alten Mühlstein. Sie zerbrach in tausend Stücke. Es waren keine Goldstücke drinnen, nur eine Hand voll grober weißer Sand.

Alle im Haus hatten den Aufschlag der Flasche und das Klirren der Scherben gehört und kamen herbei. Das Mädchen schrie auf, denn sie wusste, dass es nun nie mehr Goldstücke geben würde und sie fürchtete, sie müsste die Müllerleute verlassen. Die Eltern waren zornig auf ihren Sohn und jagten ihn davon.

Der Müller und seine Frau trösteten das Mädchen. Sie würden sie nie mehr fortgehen lassen. Sie solle als Tochter im Hause bleiben, und wenn eines Tages ein tüchtiger Müllerbursche käme und um ihre Hand anhielte, solle sie die Mühle bekommen. Da weinte das Mädchen vor Freude und versprach, für die beiden bis an deren Lebensende zu sorgen.

Die bösen Kobolde

Ich werde mich nicht einmal umsehen", sagte der alte Müller, als er die Peitsche schwang und sein Pferd antrieb, welches den Wagen mit seinem ganzen Hab und Gut zog. Nur weg wollte er von dieser Spukmühle!

Er und seine Frau konnten sich alle Mühe geben, sie kamen in der Mühle nicht voran. Ein Missgeschick folgte dem anderen. Nichts wollte gelingen. Unheimliches ging um und brachte Angst und Schrecken. Es war ein Graus.

Bisher hatte es noch keiner hier lange ausgehalten. Alle hatten sie das Weite gesucht. Sie wagten nicht einmal darüber zu reden, was ihnen widerfahren war, weil sie fürchteten, dass ihnen das Ungeheuerliche noch folgen könnte. Nach einer Zeit zog ein neuer Müller in die Mühle. Dieser konnte nicht verstehen, dass niemand in dieser schönen Mühle bleiben wollte. Sie hatte das größte Wasserrad von allen anderen Mühlen, und Wasser floss reichlich. Zur Mühle gehörten Wiesen und Felder, und im Stall würde er gesundes Vieh halten können. Hier werde er ein gutes Auskommen haben, dachte er.

In der ersten Nacht wurde der Müller wach, weil es polterte und krachte, als ob die wilde Jagd auf dem Dachboden tobte. Die Müdigkeit der langen Anfahrt überwältigte den Müller schließlich, und er glaubte, geträumt zu haben.

Nun ging er munter ans Werk. Er ließ Wasser auf das Wasserrad und schüttete Korn auf. Doch da versiegte das Wasser. Das Wehr war geöffnet und das Wasser floss in den Beigraben ab, statt zur Mühle zu fließen. „Vielleicht war das Wehr nicht fest genug verriegelt, denn sonst wäre es ein gar zu böser Schabernack", sagte der Müller zu seiner Frau, „noch einmal wird das nicht passieren." Doch so sehr der Müller das Wehr festzog, es war in der folgenden Zeit oftmals wieder auf unerklärliche Weise geöffnet.

Das Wehr war dazu da, dass bei Hochwasser oder nach starken Regengüssen überschüssiges Wasser abgeleitet werden konnte. Auf das Mühlrad durfte nämlich nur eine gleichmäßige Menge Wasser kommen, sonst wäre es zu stark beschleunigt worden, und der Rädermechanismus hätte auseinanderbrechen können. Wurde aber das Wehr bei ganz normalem Wasserzulauf geöffnet, so kam kein Wasser zur Mühle und der Müller konnte nicht mahlen.

Jetzt nahm sich der Müller vor, des Nachts zum Wehr zu gehen, um nachzusehen, was dort vor sich ging. Es war still und unheimlich in der Dunkelheit. Der kleine Teich unterhalb des Wehres spiegelte einen matten Schein wider. Plötzlich hörte er ein Wispern und Kichern. Vier kleine Kobolde hopsten und tanzten ausgelassen am Bachufer, und schwups, hatten sie das Wehr hochgezogen. Das Wasser brauste tosend durch die Schleuse in den kleinen Teich und von da aus in den Beigraben. Der Zulauf des Wassers zur Mühle war abgeschnitten.

Der Müller nahm einen Prügel und wollte auf die kleinen Bösewichter losgehen. Da wurden sie wild und sprangen ihn an, zerkratzten ihm das Gesicht und zerrissen seine Kleider.

Seine Frau schrie vor Entsetzen, als sie ihren Mann blutend und mit zerfetzten Kleidern in die Stube kommen sah. Der Müller war ganz verstört. Er dauerte lange, bis er die Sprache wiedergefunden hatte und seiner Frau von den bösen Kobolden erzählte.

Eigentlich wollte die Müllerfrau ihren Mann zur Rede stellen, weil sie glaubte, dass er heimlich von den Zuckerschnecken gegessen habe, die sie am Morgen gebacken hatte. Doch der Müller beschwor, dass er nichts von dem Backwerk angerührt habe.

Irgend jemand stahl doch aber in der Küche. Der Rahmtopf war halb ausgeschleckt und in der Speisekammer fehlte eine Räucherwurst.

In der folgenden Nacht wiederholte sich das Poltern und Tosen auf dem Dachboden, so dass die Müllerleute keinen Schlaf finden konnten.

Nun wollte der Müller die erste Fuhre Mehl einsacken und auf die Dörfer fahren, um die Bauern zu beliefern und wieder neue Körner mitzubringen. Doch als er am Morgen in die Mühle kam, sah es aus, als hätte jemand eine richtige Mehlschlacht veranstaltet. Die verschiedenen Mehlsorten – dunkles, helles, grobes, feines – waren wild durcheinander gefegt und in der ganzen Mühle verstreut. Der Müller musste das Mehl mit dem Besen zusammenkehren und konnte es nur noch als Beigabe für das Schweinefutter verwenden. Seine ganze Arbeit war umsonst gewesen.

Der Müller ahnte schon, wer dieses Unwesen getrieben hatte. Es dauerte eine ganze Woche, bis er wieder genug Mehl gemahlen hatte, um eine Ausfahrt vorzubereiten.

In dieser Zeit geschahen immer neue Widerwärtigkeiten. Jemand hatte aus dem großen Zahnrad die Kammhölzer herausgenommen. Der Antrieb des Mahlganges war dadurch unmöglich gemacht worden. Am Mühlwagen war ein Rad gelockert, so dass es der Müller unbemerkt verlor und der Wagen deshalb umkippte.

Die Müllerfrau beklagte, dass die frisch gebackenen Zuckerschnecken schon wieder fehlten.

Als sie in ihre Geldkassette griff, um ein paar Silberstücke herauszunehmen, mit denen sie zum Wochenmarkt wollte, war nichts mehr drin. Darüber kam sie in Streit mit ihrem Mann, weil sie glaubte, er sei nicht ehrlich zu ihr.

Der Müller beschimpfte sie, dass sie nicht gut wirtschaften könne und deshalb das Geld fehle.

Da reichte es ihr. Sie hatte einen Plan, und den setzte sie in die Tat um. Sie buk eine große Menge von den süßen Zuckerschnecken. Dabei ließ sie die Ofenröhre offen. Der Duft umstrich das Haus im weiten Kreis. Das zog die Kobolde an. Die Müllerfrau ließ die Zuckerschnecken im Ofen, um dahinein die Kobolde zu locken. Das Vorhaben glückte!

Die Kobolde krochen in die Ofenröhre und ließen sich's gut schmecken. Da schlug die Müllerfrau die beiden Ofentüren zu und verriegelte sie. Nun waren die Kobolde gefangen. Aber wie sollte man sie herauskriegen? Da kam der Müller mit einem großen Sack und spannte ihn über die verschlossene Ofenröhre. Jetzt heizte er tüchtig ein, damit es in der Röhre wieder glühend heiß wurde. Die Kobolde jammerten und hämmerten gegen die Ofentüre. Der Riegel sprang auf und die Kobolde purzelten in den Sack. Der Müller band ihn fest zu und freute sich, dass er die kleinen Ungeheuer gefangen hatte. Er lud sie auf seinen Mühlwagen und fuhr in die weit entlegenen Dörfer. Weil die Kobolde solch ein Wehgeschrei machten, ließ er sie an einer dunklen Stelle im Wald los. Er dachte, die Füchse würden kommen und ihnen den Garaus machen. Frohen Mutes lieferte er das Mehl aus und brachte neue Körner mit. Er empfand es wie eine Befreiung, dass jetzt der Spuk in der Mühle ein Ende haben würde. Doch als er sich der Mühle näherte, hörte er wieder das Wispern und Kichern. Oben auf den Säcken saßen die Kobolde und machten sich über den Müller lustig. Er holte mit der Peitsche aus und vertrieb sie vom Mühlwagen. Als er dann zu Hause den Geldbeutel mit dem Mahllohn vom Wagen nehmen wollte, hatten ihn die Kobolde gestohlen. Er wusste sich keinen Rat mehr und war sehr traurig.

Der Müller begann nun, das mitgebrachte Getreide zu mahlen. Doch immer wieder spielten ihm die Bösewichter gemeine Streiche. Die Müllerleute fanden keine Ruhe in der Nacht und keinen Trost am Tag.

Als der Müller in einer schlaflosen Nacht wieder einmal zusammen mit seinem treuen Hofhund Rex neben seinem Wasserrad auf der Wiese saß, sah er im hellen Mondschein die Kobolde um eine alte Schatzkiste herumtanzen. Sie hopsten und sprangen, schlugen Purzelbäume und erfreuten sich an ihrem Diebesgut.

Da ließ der Müller den Hund auf die Unholde los. Sie erschraken und nahmen Reißaus. Sie wollten die Schatzkiste mitnehmen, aber der Müller hielt sie fest. Da sah er, dass die Kobolde die Grasdecke in der Wiese öffneten und in einem tiefen Loch verschwanden. Schnell rollte er einen ausgedienten, schweren Mühlstein herbei und ließ ihn auf das Erdloch plumpsen. Einen solch schweren Stein konnten die kleinen Ungeheuer nicht anheben. Sie mussten fortan für immer unter der Erde bleiben, wo sie ja auch hergekommen waren. Sie jammerten und klagten, aber der Müller ließ sich nicht noch einmal von ihnen erweichen.

Er nahm die Schatzkiste und brachte sie in die Mühle. Seine Frau war hocherfreut, dass alle gestohlenen Silberstücke wieder da waren. Am meisten aber freuten sich beide, dass sie die bösen Kobolde endlich los waren.

In der Nacht war Ruhe und am Tag ging die Arbeit gut von der Hand. Das Leben in der Mühle machte fortan Freude.

Ab und zu gingen der Müller und seine Frau zu dem großen Mühlstein in der Wiese. Dort war es ganz still geworden. Sie aber waren sich einig, dass der Mühlstein für immer auf diesem Platz liegen bleiben wird.